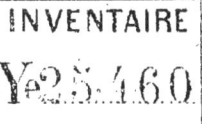

FABLES

ET

PARABOLES

PAR

L'ABBÉ LANGE

Ex-Aumônier des Orphelins,

Curé de Pellegrue (Gironde).

SE VEND

au profit de la Restauration de l'Église et pour la Construction d'une École

1 franc 25 centimes.

BORDEAUX

IMPRIMERIE GÉNÉRALE D'ÉMILE CRUGY

16, rue et hôtel Saint-Siméon, 16

1866

FABLES

ET

PARABOLES

PAR

L'ABBÉ LANGE

Ex-Aumônier des Orphelins,
Curé de Pellegrue (Gironde).

———⚬⚭⚬———

BORDEAUX

IMPRIMERIE GÉNÉRALE D'ÉMILE CRUGY
16, rue et hôtel Saint-Siméon, 16
——
1866

FABLES ET PARABOLES

I

LE POINT ET LA VIRGULE

Le point disait à la virgule :
« Oses-tu bien te comparer à moi ?
— Je suis, dit la virgule, utile autant que toi.
— Cette prétention est au moins ridicule,
Lui répliqua le point ; peux-tu, sans mon secours,
De la phrase arrêter ou suspendre le cours ?
— Voilà, dit la virgule, où conduit l'ignorance !
A la phrase, il est vrai, comme un coupe-jarret,
En lui sautant au cou, l'arrêtant court et net,
Tu fais sentir le joug de ta puissance ;
Mais, voisin, quand la phrase en sons harmonieux
De son urne au flot pur épanche l'abondance,
Est-ce toi qui soutiens et règles sa cadence,

Et lui fais éviter tous les sauts périlleux ?
Pour empêcher aux mots de se prendre aux cheveux,
Est-ce toi qui maintiens et fixes l'ordre entre eux ?
— Je fais plus, dit le point, et je fais beaucoup mieux :
D'un noble sentiment faut-il peindre l'extase,
J'arbore l'étendard de l'admiration !

Faut-il donner un tour vif à la phrase,
Je me transforme en point d'interrogation ?
L'auteur ne peut-il plus, dans l'ardeur qui l'enflamme,
Exprimer par des sons ce qu'il sent dans son âme,
Je sonne le tocsin de l'exclamation !!! »
La virgule, à ce coup, confessa sa défaite ;
La dispute cessa, la paix entre eux fut faite.

Puissent ainsi finir tous les autres débats
Qu'ont entre eux les potentats !
Que sa place au soleil soit grande ou bien petite,
Ceci prouve, au surplus, que tout être ici-bas
Est entiché de son mérite.

II

LE MALHEUR

Le Malheur faisait à chacun,
Un jour, ses offres de service ;
Encor qu'il s'acquittât fort bien de son office,
Chacun trouvait son offre inopportun.
« Je donne à tous, disait-il, la sagesse. »
En même temps qu'il pérorait,
Bien loin de croire à sa promesse,
Chacun au plus tôt s'esquivait.
Mais le drôle avait la main forte :
Voyant qu'on lui riait au nez,
Que les hommes au mal paraissaient obstinés,
Il fit si bien, s'y prit de telle sorte,
Que nul ne put se soustraire à ses lois ;
L'univers devint son royaume ;
Il s'installa partout, dans les palais des rois,
Tout aussi bien que sous les toits de chaume.
Depuis lors il devint un grand prédicateur ;
Chacun, avec respect, écouta sa parole,
Et l'on comprit que c'est à son école
Que l'homme peut apprendre à devenir meilleur.

III

LA GRENOUILLE ET LE SOLEIL

Sur son char tout en feu, de sa chaleur féconde,
Depuis quatre mille ans, le soleil, dans le monde,
A tout ce qui respire octroyait le bienfait.
L'épi sur le sillon, grâce à lui, jaunissait,
Et sous son pampre vert le raisin mûrissait.
L'oiseau, sous la feuillée, en son honneur chantait.
Dans son marais infect, une grenouille immonde
Contre l'astre du jour cependant s'insurgeait,
Par ses coassements nuit et jour l'insultait.
Elle était, à son dire, elle seule avisée,
Et la foule, au sujet du soleil abusée,
L'avait cru jusqu'alors un astre bienfaisant.
    « Il n'en est rien, criait notre pécore ;
        Malgré son disque éblouissant,
        Cet astre est un feu qui dévore ;
        Ce n'est qu'un simple météore. »
Heureusement ses cris se perdirent dans l'air,
        Et firent rire Jupiter.
        Elle aurait mieux fait de se taire.
Bref, elle eut beau crier, à peine on l'écouta.
Fécondant l'univers, l'inondant de lumière,
Phébus, sans s'émouvoir, poursuivit sa carrière ;
L'étang fut mis à sec, la grenouille creva.

IV

LE PAPILLON ET LE GRILLON

Déployant son aile soyeuse
Où brillaient l'or et le saphir,
Un papillon suivait sa course aventureuse,
Caressant chaque fleur au gré de son désir.
Caché dans sa grotte profonde,
Un modeste grillon méditait à loisir
Sur les périls dont cette vie abonde :
On eût dit, à le voir, un moine en oraison,
Avec son habit noir et sa figure austère.
Du seuil de sa cellule, il vit le papillon
Poursuivant dans son vol un bonheur éphémère.
« Où court, dit-il, cet insensé?
Parmi ces faux brillants il a beau se complaire,
La mort le suit à pas pressés. »
L'événement suivit de près la prophétie ;
Le pauvre papillon, hélas! perdit la vie
Sous l'effort imprudent d'un essaim d'écoliers,
Attirés, éblouis par l'éclat de son aile,
Qui, voulant le saisir, le mirent en quartiers.
« Voilà, reprit l'ermite, à quelle mort cruelle
Nous expose souvent la sotte vanité,
A briller un instant quand sa voix nous appelle.
Pour vivre heureux, restons dans notre obscurité. »

V

L'ARAIGNÉE ET LE VER A SOIE

Par le sort condamnée à subir maint outrage,
    Une araignée un jour se lamentait
De voir, chaque matin, balayer son ouvrage
    Qu'avec tant d'art elle ourdissait.
« O Pallas! ô ma sœur, écoute-moi, dit-elle :
Pourquoi mon fil si doux et ma toile si belle
    Ont-ils un si cruel destin ;
Tandis qu'un ver à soie, un vil insecte, enfin,
Se voit partout choyé par la foule ignorante?
Pourtant son fil grossier peut-il valoir le mien? »
    Le ver à soie écoutait l'impudente.
« C'est vrai, répondit-il, que vous filez très-bien,
    Mais votre fil ne sert à rien. »

    Pour obtenir une gloire éclatante,
Se rendre utile à tous, c'est l'unique moyen

VI

LA PRIÈRE ET L'INDIFFÉRENCE

La Prière ouvrait son aile
Pour s'envoler vers l'Éternel ;
L'Indifférence, au sens matériel,
La vit : « Où vas-tu ? lui dit-elle.
— Je vais porter à Dieu
Le tribut que lui doit son humble créature.
— C'est fort bien ; mais on dit, et je le crois un peu,
Que ton emploi n'est qu'une sinécure.
Ce siècle n'est pas fort sur la dévotion ;
Il laisse volontiers, soit aux saints, soit aux anges,
Le soin de célébrer les divines louanges ;
Mais il n'accepte plus ton intervention
Pour le succès de mainte et mainte affaire.
— C'est un malheur, répondit la Prière ;
Quand vient la tribulation,
Malgré tous ses efforts, l'homme que peut-il faire ?
On a tort de vouloir m'exiler de la terre ;
Du Ciel je suis la messagère,
Et j'apporte aux mortels la consolation. »

VII

LE TEMPS ET L'ÉTERNITÉ

Le Temps hâtait le cours des heures ;
L'Éternité passe et lui dit :
« Comment fais-tu pour déguiser tes leurres
Et pour maintenir ton crédit
Chez tous les habitants des terrestres demeures ?
— Princesse, dit le Temps, de votre majesté,
Autant que je le puis, j'emprunte la figure ;
Je donne un successeur au jour que je rature :
A l'année écoulée, avec dextérité,
J'en substitue une autre, et, par cette imposture,
Je feins l'immutabilité. »

L'homme descend le fleuve de la vie
Sans en voir la rapidité ;
Au lieu de mettre un terme à sa folie,
Il prend plaisir à cueillir quelques fleurs :
Et quand la journée est finie,
Il verse d'inutiles pleurs !

VIII

LE PÉNITENT DU PAPE

Un noble et dévot gentilhomme,
En pompeux équipage, un jour, s'en vint à Rome
    Pour confesser certain péché
        Au Très-Saint-Père...
Le pape l'accueillit, et même fut touché
      De son aveu sincère.
    La difficulté commença
    Au sujet de la pénitence
Qu'il fallait imposer pour telle et telle offense.
  Le pénitent d'abord la refusa.
    Il la trouvait un peu sévère :
    « Considérez, dit-il, Saint-Père,
    Qu'un homme de ma qualité
    Ne peut guère être ainsi traité.
Les longues oraisons me fatiguent bien vite,
    Et j'y suis toujours fort distrait ;
    Pour le jeûne j'ai peu d'attrait,
    Ma santé veut que je l'évite ;
Et, si du médecin j'écoute le conseil,
Je ne pourrai non plus me priver de sommeil ;
Je ne puis supporter ni cilice, ni haire ;

L'aumône, je la fais, mais quand je puis, Saint-Père. »
Le pape réfléchit, cherche un expédient
  Qui convienne à son pénitent.
  « Mon fils, pour toute pénitence,
Mettez à votre doigt cet anneau de saphir,
Où brille en lettres d'or cette simple sentence :
    SOUVIENS-TOI QU'IL FAUT MOURIR !
Une fois chaque jour, promettez de la lire,
Et Dieu sera content de votre repentir. »
  Le pénitent bien joyeux se retire ;
    Mais l'adage mystérieux
  A son esprit se présente sans cesse,
  Et sur le faux brillant de la richesse
    Et sur l'erreur de la mollesse,
  A son insu, lui dessille les yeux.
  « Il faut mourir ! se dit-il en lui-même :
Pourquoi tant ici-bas embellir mon séjour?
  Il faut mourir ! c'est un arrêt suprême :
Pourquoi flatter ce corps qui doit périr un jour? »
La pénitence, alors, même la plus austère,
    Lui parut facile et légère ;
  Et l'anneau d'or, produisant son effet,
D'un pénitent douteux fit un chrétien parfait.

IX

LA FOI ET LA DÉVOTION

A Jésus-Christ voulant faire sa cour,
  La Dévotion en prière
Se plaignait à la Foi qu'une libre carrière
Ne pût être donnée à ses transports d'amour.
  « Hélas! je ne puis, disait-elle,
Contempler de mes yeux le divin Rédempteur :
  Il est assis dans sa gloire éternelle,
  Et, pour aller lui parler cœur à cœur,
Aucun des chérubins ne me prête son aile.
— Il est vrai, répondit la reine de Sion,
Que les pieds de Jésus ne foulent plus la terre,
Mais il est à l'autel prisonnier volontaire,
  Victime d'expiation,
Et tu peux lui parler dans l'humble sanctuaire! »

X

LE LION ET LE VOYAGEUR

Par le roi des forêts en quête d'une proie,
    Un voyageur fut rencontré.
    Cette rencontre était-elle à son gré?
    J'en doute. Une féroce joie
En sourds rugissements s'exhalait des poumons
    De l'animal à la dent meurtrière.
L'homme fuit; le lion, agitant sa crinière,
Le poursuit à travers une touffe de joncs
    Semés au bord d'une rivière.
Dans un autre péril notre homme s'en vint choir :
Un crocodile énorme, ouvrant sa large gueule
    Pour le broyer comme un grain sous la meule,
A ses yeux effarés se laisse apercevoir...
D'autre part, le lion était à sa poursuite.
    Où fuir? De peur notre homme à demi mort
    Crut descendre au sombre bord.
    Mais qu'arriva-t-il ensuite?
Que les deux prétendants se livrent un combat
    Dont voici le résultat :
    L'un et l'autre y perdit la vie,
Et tous deux chez Pluton s'en vont de compagnie

Le voyageur au Ciel offrit des vœux,
En signe de reconnaissance.

C'est ainsi que la Providence
Sauve quelquefois l'innocence,
En laissant les méchants se dévorer entre eux.

XI

LE JOUR ET LA NUIT

Le Jour disait à la Nuit sombre :
« Je suis loin d'approuver ton zèle officieux,
Lorsque tu viens obscurcir de ton ombre
L'éclat de mon front radieux.
A quoi dans ce monde es-tu bonne ?
Si tu n'existais pas, tout irait beaucoup mieux.
— Frère, répond la Nuit, ton langage m'étonne ;
Quand je montre aux mortels la majesté des cieux,
Quand le ciel étoilé me tresse une couronne,
Crois-tu que je ne puisse en gloire t'égaler ?
A l'heure où je règne en silence,
Dieu parle à l'homme ; et l'homme à Dieu veut-il parler,
Il me choisit de préférence.
Quand il voit la tempête au loin s'amonceler,
Grâce à moi, le pilote au ciel fixe l'étoile
Ou le phare qui peut conduire au port sa voile.
Mon ombre, en tempérant les ardeurs du soleil,
Apporte à la terre épuisée
Une bienfaisante rosée,
Et lègue au travailleur un paisible sommeil.
Ta robe de satin que te tisse l'aurore

Et ton manteau du soir que la pourpre décore,
  Par mon déclin, par mon retour,
Par mon reflet, sais-tu, c'est moi qui te procure
  Cette opulente et brillante parure.
Tout cela n'est-ce rien? — C'est beaucoup, dit le Jour :
  A ton sujet, j'étais dans l'ignorance,
Mais en toi maintenant je reconnais ma sœur ;
  Car, comme moi, du Créateur
Tu redis les bienfaits et la magnificence. »

XII

LE PLAISIR ET LE REMORDS

Le Plaisir exprimait cette plainte au Remords :
« De quiconque à mes lois fait vœu d'obéissance,
    Pourquoi viens-tu troubler la conscience
        Et mettre l'homme en désaccord,
            Lui-même avec lui-même?
        Ne suis-je pas le bien suprême? »
Le Remords répondit : « C'est par trop te vanter ;
        Je dis, pour ne pas te flatter,
Que de tous les fléaux qui règnent dans ce monde
        Tu fus la source féconde.
Quant à moi, je reproche à chacun son méfait.
        Ma mission est un bienfait ;
        Je sers de base à la morale.
Le bien que je procure, en est-il qui l'égale
Quand je fais d'un coupable un pénitent parfait?
Si quelqu'un à ma voix oppose résistance,
        En ce monde, comme aux enfers,
        Je torture sa conscience.
Je suis le plus cruel tourment de l'univers ;
Ce qui prouve que l'homme est né pour l'innocence,
Et non pour vivre au gré de ses instincts pervers. »

XIII

LA TREILLE

Ornant de ses festons les dehors d'une chambre,
Une treille étalait au soleil de septembre,
Sous des pampres jaloux, des raisins couleur d'or ;
    A tout venant elle offrait son trésor :
        Sur ce chacun lui faisait fête ;
On louait de son fruit la beauté, la saveur
        Et la maturité parfaite.
Notre treille acceptait volontiers la faveur
A tout autre arbre à fruit de se voir préférée ;
Mais, hélas ! son honneur fut de courte durée.
Elle changea de ton quand l'hiver fut venu.

    Ainsi de nous, vains mortels qu'on encense :
    Quand la mort vient, un roi s'en va tout nu.
Pourquoi sur un roseau placer notre espérance ?
        Dieu seul possède la puissance
De sans cesse donner, sans jamais s'appauvrir ;
Pour nous enrichir tous, sa main n'a qu'à s'ouvrir.

XIV

LA RELIGION ET LA PRUDENCE HUMAINE

De la Religion la figure sanglante
A la Prudence humaine en ce siècle apparut.
Celle-ci, la voyant, recula d'épouvante,
Et lui dit : « Sur la croix ton fondateur mourut.
     Pour ne pas heurter l'exigence
     De la civilisation,
  Il faut user d'un peu de tolérance.
— Je ne puis, répondit la reine de Sion ;
  Quand même un ange, ouvrant son aile agile,
De la voûte des cieux descendu jusqu'à nous,
Viendrait pour m'apporter un nouvel Évangile
Modifiant celui de Jésus, mon époux,
Qui posa sur mon front ce sanglant diadème,
A l'ange je dirais mille fois anathème. »

XV

LA MOUCHE

Depuis quatre mille ans, les mondes, dans l'espace,
Gravitaient sans encombre et sans déraillement ;
Une mouche disait : « Mais rien n'est à sa place ;
Le soleil paresseux marche trop lentement.
     A quoi songe la Providence,
     Avec si peu de prévoyance ?
Sur moi, je le vois bien, incombe ce souci. »
La pécore aussitôt va, vient, fait l'empressée,
     Vole, bourdonne, et cherche en sa pensée
Comment elle pourra réformer tout ceci.
Puis elle alla se prendre au fil d'une araignée
     Avant la fin de la journée.

XVI

LA MARE ET LE RUISSEAU

La mare, un jour, dit au ruisseau :
« Où cours-tu donc ? — Je vais à la rivière,
    Lui porter ce filet d'eau.
— Pauvre insensé ! ton erreur est grossière.
Et pourquoi t'épuiser ? Enfant, écoute-moi :
Dans notre siècle, il faut d'abord penser à soi. »
    Cette morale est commode,
On dit même aujourd'hui qu'elle est assez de mode.
La mare sur ce point parlait éloquemment ;
    De l'égoïsme vrai symbole,
Elle prèchait d'exemple autant que de parole,
Et conservait ses eaux très-amoureusement.
    Le ruisseau faisait le contraire :
    A la prairie, à la plante, à la fleur,
Par ses eaux il donnait la fraîcheur salutaire.
    Faire du bien, n'est-ce pas le bonheur ?
La fortune sans lui n'est qu'un triste avantage.
Cette mare avait tort, et le ruisseau fut sage.
N'allons pas nous étendre, et revenons au fait.
L'été vint ; le soleil de sa chaleur féconde
A tout ce qui respire octroya le bienfait,

Et darda ses rayons sur cette mare immonde.

Elle, couvant ses eaux, enfanta tout d'abord

Des reptiles sans nombre, au corps noir et jaunâtre ;

Et de son sein fangeux, couvert d'une eau verdâtre,

    Elle exhalait le poison et la mort.

La peste s'ensuivit dans toute la contrée.

    Heureusement un vent souffla du nord,

Et la mare expira dans sa fange exécrée.

    Mais que devint le ruisseau bienfaisant ?

Qui vint à son secours dans ce péril pressant ?

      Il eut un abri tutélaire

Sous le feuillage épais du chêne au tronc noueux,

    Dont il baignait la souche séculaire.

Le soleil, le voyant, en devint amoureux,

 Et les petits oiseaux, sur sa rive ombragée

    Venaient pour boire à petite gorgée.

Près de son bord chantait le pâtre du hameau.

La rivière à la mer portait son courant d'eau

    Qui, devenu vapeur légère,

Retournait en nuage à la source, sa mère.

Chacun recueillera ce qu'il aura semé :

    Faites du bien, et vous serez aimé.

XVII

LA RAISON ET L'EUCHARISTIE

La Raison à l'Eucharistie
Disait : « Pourquoi t'offrir à l'adoration ?
　　Sais-tu que cette ambition,
　　Conduit l'homme à l'idolâtrie ?
— Tais-toi, lui répondit le mystère d'amour ;
Pour lui communiquer ma divine substance,
D'un pain matériel sous la frêle apparence,
　　A l'homme ici je cache ma présence ;
De ma grâce en son sein je verse l'abondance,
Et dans son pauvre cœur je fixe mon séjour.
Près de moi descendus des voûtes éternelles,
Les chérubins couverts de leurs brûlantes ailes
　　S'empressent de former ma cour.
Tout chrétien doit venir m'adorer à son tour.
Par la foi je confonds la science orgueilleuse !
La route que tu suis est souvent ténébreuse,
Et te montre, aux lueurs de lugubres éclairs,
Des abimes béants sous tes pas entr'ouverts.
Abdique ton orgueil, et crois à ma parole :
Pour sonder les secrets de ce vaste univers,
　　Ta peine est vaine et ta gloire est frivole. »

XVIII

LE LUXE ET LE DIX-NEUVIÈME SIÈCLE

Au Dix-Neuvième Siècle, un jour, le Luxe dit :
    « Je ne veux pas te faire mon éloge ;
Mais ton front, grâce à moi, de gloire resplendit.
Aux anciens préjugés, enfin, chacun déroge ;
    De l'industrie accélérant l'essor,
Du bien-être sur tous j'épanche l'abondance ,
    Et je ramène l'âge d'or. »
Notre Siècle est bonhomme ; il commit l'imprudence
De croire aux beaux discours de ce vil imposteur.
    Hélas ! ce fut pour son malheur :
    Depuis tout est en décadence.

XXI

LA FOI, L'INTELLIGENCE ET LA VOLONTÉ

De l'homme, un jour, la Volonté
Dit à sa sœur l'Intelligence :
« Pourquoi, prenant un air d'autorité,
Exiges-tu de moi toujours l'obéissance?
Ne puis-je pas enfin, commander à mon tour?
— Aveugle, pourrais-tu te conduire un seul jour?
Heurtant, à chaque pas, à quelque erreur grossière,
Sans moi, tu roulerais dans l'abîme profond ;
Autour de toi, quand jaillit la lumière,
C'est grâce à l'éclat de mon front.
Le monde entier est mon royaume,
Et, dans mon vol audacieux,
Quand je m'élève jusqu'aux cieux,
L'univers dans ma main pèse à peine un atôme.
— C'est fort bien ; mais souvent, sous un prisme trompeur,
Pour une vérité tu prends une ombre vaine ;
Au mal rivant ma lourde chaîne,
Tu me conduis au sentier de l'erreur.
— Mais pourquoi de tes sens écouter la réclame ?
Tes désirs déréglés, obscurcissant ma flamme,
De la clarté du jour me voilent la splendeur. »

La Foi, passant, leur dit : « A quoi sert cette lutte ?
Du trône de sa gloire, un jour l'ange tomba
Sur l'homme bien moins fort, l'entraînant dans sa chute.
      Sur vous deux ce heurt imprima
      Plus d'une profonde blessure.
De l'erreur si tu veux éviter le parcours,
O noble Intelligence, il te faut mon secours ;
La lumière est souvent pour toi la nuit obscure.
Frêle comme un roseau par le vent agité,
Que peux-tu sans la grâce, ô faible Volonté ?
Suis ta sœur ; toutes deux, avec persévérance,
De votre Créateur implorez l'assistance. »

XXII

LE CHRIST ET LA MORT

Pour le salut de tous Jésus-Christ expirait ;
  Vieille aveugle qu'elle était,
La Mort vint le saisir comme une vile proie ;
Mais elle n'en eut pas alors toute la joie.
Le soleil devint pâle, en voyant son forfait ;
  Sur tous ceux que la tombe enserre,
Celle qui jouissait d'un pouvoir absolu,
  L'inexorable mégère,
Du coup, vit s'effondrer son trône vermoulu :
Si bien que, depuis lors, des morts l'humble poussière
Dont le germe de vie à nos yeux est voilé,
Comme on voit resplendir un beau ciel étoilé,
Un jour, au firmament, répandra la lumière.

XXIII

LE BŒUF ET LA MOUCHE

L'hiver sur la campagne étendait son manteau ;
La neige, les frimats, les vents et la tempête
Aux chênes dépouillés faisaient courber la tête.
La terre apparaissait comme un vaste tombeau.
    A demi morte et morfondue,
Une mouche criait : « Au secours, je me meurs ! »
    Le bœuf lui dit : « Pourquoi tant de clameurs ?
Qui pourrait sur ton sort sentir son âme émue ?
De ta vie inutile en parcourant le cours,
On voit que de forfaits tu la souillas toujours.
A la saison des fleurs, quand Phébus sur la terre
Octroyait aux sillons la chaleur salutaire,
Infâme, je t'ai vue, avide de mon sang,
De ton dard acéré venir percer mon flanc.
La justice du Ciel tôt ou tard se déclare ;
Ton ombre criminelle, étonnant l'Achéron,
N'aura d'autre séjour que le sombre Tartare.
Puisse ta mort servir aux méchants de leçon ! »

XXIV

LA VILLE ET LA CAMPAGNE

La Ville dit à la Campagne :
« Tu ne seras bientôt plus qu'un désert ;
On te quitte, et pour cause ; entre nous, à quoi sert
De t'abuser ? La tristesse accompagne
Les pas de tous tes habitants ;
Tu seras veuve avant longtemps.
Quant à moi, chaque jour ma richesse s'augmente,
Mon enceinte élargie a peine à contenir
Ceux qui viennent chercher le lucre et le plaisir.
Je suis reine, mais toi tu n'es qu'une servante. »
La Campagne en ces mots confondit l'impudente :
« Sans moi, tu ne pourrais même vivre un seul jour ;
Les biens dont tu jouis c'est moi qui te les donne ;
Ton luxe éblouissant n'éblouit plus personne.
Si quelques imprudents vont te faire la cour,
Frustrés dans leur espoir, maudissant leur envie,
Découronnés, flétris, ils pleurent la patrie !
Je fais des vœux pour leur retour. »

XXV

LE ZÈLE APOSTOLIQUE ET L'ACTION DE GRACES

e Zèle apostolique est un feu dévorant,
ans cesse en action pour le salut de l'àme ;
'obstacle est impuissant à ralentir sa flamme ;
 coule à flots pressés comme un vaste torrent.
        L'Action de grace en prières
        Par lui fut rencontrée un jour.
Pourquoi, ma sœur, dit-il, quand Jésus, notre amour,
        Est en butte en tant de manières
        Aux coups de l'incrédulité
            Et de l'indifférence,
ester dans un repos voisin de l'indolence?
        — Ce reproche est-il mérité?
        Lui répond l'Action de grâces.
ois Jésus sur la croix, quand il étend ses bras,
        Avec amour quand il embrasse
e gibet qui le pose au rang des scélérats :
u haut de cette croix il ébranle le monde,
ttirant tout à lui ; sa grâce nous inonde ;
u monde à sa justice il paya la rançon ;
        Le repentir, de sa mort est un don.
        Dans tes travaux sans cesse il te seconde :

Et sans son sang versé, frère, dis-moi, crois-tu
    Que ta parole fût féconde?
Pour convertir les cœurs, où serait ta vertu?
A son Père en courroux offrant son innocence,
Pour le pauvre pécheur il est toujours au plaid ;
    Ne faut-il pas, pour un si grand bienfait,
Lui payer le tribut de la reconnaissance?
Laisse-moi contempler un tel excès d'amour.
    Toi-même, un jour, pour récompense,
Auras-tu d'autre emploi dans l'immortel séjour? »

XXVI

LES LAPINS ET LE SOLITAIRE

Dans un castel antique et creusé dans le roc,
    Que la nature avait construit *ad hoc*,
De lapins fortunés une famille entière
Se trouvait à l'abri de la dent meurtrière
De certains ennemis qui rôdaient à l'entour.
Près de leur citadelle, un solitaire, un jour,
Avait bâti son toit; s'étant mis en prière,
    Il vit tous nos lapins joyeux,
Protégés par leur fort, jouant sur la bruyère.
« Dans ce désert, dit-il, je puis trouver comme eux
    Un rempart sûr, un abri tutélaire
Contre des ennemis encor plus dangereux. »

XXVII

LE LOUP ET LE CHIEN

C'est à tort que le cœur diffère du langage.
  Un loup que la faim pourchassait,
 Vit un troupeau dans un frais pâturage :
« O fortune, dit-il, tu me sers à souhait !
  Au destin rendons grâce,
Et choisissons pour nous la brebis la plus grasse. »
Il comptait sans son hôte. Un énorme mâtin,
Le cou bardé de fer et la gueule enflammée,
Exhalant de ses flancs la colère allumée,
A ses desseins pervers accourt pour mettre un frein.
  Ce loup n'était pas un novice.
  Ayant fouillé dans son sac à malice,
  Il dit : « Par amour du prochain,
Je venais délivrer cette gent imbécile
  Du joug de ses oppresseurs. »
Le chien lui répondit : « Ta ruse est fort habile,
Mais de mauvais aloi ; va la porter ailleurs. »

XXVIII

LE ROCHER ET L'ORAGE

Sur les flancs escarpés d'une haute montagne,
Un rocher s'élevait soucieux et rêveur.
    Son front, au loin, dans la campagne,
D'une ombre bienfaisante octroyait la faveur.
« Que fais-tu là, planté? » lui dit un jour l'orage.
« Je mets, dit le rocher, un obstacle à ta rage;
Quand ta voix menaçante éclate dans les airs,
De sa base au sommet, mon dos durci par l'âge
Sans crainte attire à lui ta foudre et tes éclairs.
Tu déverses sur moi l'excès de ta furie;
    L'homme en est quitte pour la peur;
Tu fais grâce au brin d'herbe, à la plante, à la fleur;
Éperdu, dans mon sein l'oiseau se réfugie.
De Jéhova tous deux nous remplissons la loi.
On dit qu'au Golgotha, s'offrant en sacrifice,
Jésus-Christ de son Père apaisa la justice;
Je me fendis alors de douleur et d'émoi;
Et l'homme, à qui sa mort rendit le Ciel propice,
    Y pense-t-il? Pas plus qu'à moi. »

XXIX

LE RÖSSIGNOL ET L'ANE

Blàmer ce qu'on ignore est, je crois, fort peu sage.
    Près des fossés d'un antique château
    Maître baudet errait en personnage;
L'hirondelle effleurait la surface de l'eau;
    Le rossignol, caché dans le feuillage,
        Par les plus harmonieux sons
        Faisait redire aux échos des vallons
La bonté de celui dont nous sommes l'image.
    Notre baudet en était tout jaloux.
« En vérité, dit-il, les hommes sont bien fous
Au chant de cet oiseau d'accorder leur hommage;
Et pourquoi tant prêter l'oreille à son ramage?
Est-ce parce qu'il chante et le jour et la nuit?
Tandis que moi... suffit... » Et puis, sans dire gare,
Il entonne aussitôt sa plus belle fanfare.
A ce vacarme affreux, tout se tait, tout s'enfuit.
Content de son succès et de son savoir-faire,
Notre âne à pleins poumons continuait à braire,
        Quand martin-bâton le fit taire.

XXX

LA TERRE ET L'OCÉAN

L'Océan débordé dit un jour à la Terre :
    « Le temps de ton règne est passé.
Sortis du lit que Dieu de son doigt a tracé,
    Mes flots, frémissant de colère,
    Vont t'engloutir dans l'abîme écumeux.
Vois, déjà tu n'es plus qu'un vaste cimetière.
Que sont-ils devenus tes palais somptueux?
    La race humaine tout entière,
Citée au jugement pour ses forfaits nombreux,
Tremblante au pied du juge, écoute sa sentence.
    Tes monts, tes pics audacieux,
    N'ont pu braver l'effort de ma puissance;
    Je vais m'élever jusqu'aux cieux! »
La Terre répondit : « Ton impie insolence
Ne peut durer, et Dieu confondra ton orgueil :
Me crois-tu pour toujours descendue au cercueil?
Dieu me punit, c'est vrai, mais c'est parce qu'il m'aime.
    Mon front plus pur, laissant ton froid linceul,
Sera ceint de nouveau d'un brillant diadème.
    Sur tes flots jaloux, vois flotter
Cette arche aux larges flancs, qui porte tout un monde :

Contre la fureur de ton onde,
Son pilote a su l'abriter.
Le signe de la paix, au ciel je l'ai vu luire;
Dans leurs sombres cachots, derechef verrouillés,
Tes flots, du pouvoir de me nuire
Seront pour toujours dépouillés. »
La Terre avait dit vrai; car, depuis cette époque,
Devant elle humblement fléchissant les genoux,
Les flots de l'Océan que la tempête évoque
Déposent à ses pieds leur impuissant courroux.

XXXI

LE PERROQUET ET LE ROSSIGNOL

Un perroquet échappé de sa cage,
    En voletant et culbutant,
Arrive enfin dans un riant bocage.
Il se pose, il écoute; ô merveille! il entend
    La plus suave mélodie;
Le chantre du printemps, de ses frêles poumons,
    Tirait alors les plus doux sons,
    Suivant les lois qu'impose l'harmonie.
« Mon frère, lui dit-il, dans ce lieu retiré
Pourquoi laisser ainsi ton talent ignoré?
    Ce n'est que dans la grande ville
Qu'on peut apprécier cet art si difficile.
Suis-moi; tous les honneurs, qui d'ailleurs te sont dus,
    Immédiatement vont pleuvoir sur ta tête. »
Le rossignol répond : « Mon humeur est peu faite
A me voir entourer d'hommages assidus;
Je n'ai pas, comme toi, beau babil, beau plumage.
    Je ne t'en dis pas davantage;
Je préfère mes champs à la plus belle cage. »

XXXII

LA RAISON ET LA FOI

Par l'encens des mortels la Raison enivrée
Sur un ton de révolte osa dire à la Foi :
 « On ne croit plus à ta durée ;
Pourquoi veux-tu m'astreindre à marcher sous ta loi ?
 Ne suis-je pas reine aussi bien que toi ?
— Sur ton front, il est vrai, brille le diadème ;
Tu ne peux te conduire, il te faut mon secours.
Tu ne sais d'où tu viens ; le fleuve de la vie,
En connais-tu la source, en connais-tu le cours ?
De ce vaste univers connais-tu l'harmonie ?
Le temps, l'éternité, la substance, l'esprit,
L'atôme, le néant, pour toi tout est mystère. »
La Foi parlait très-bien, qu'importe ? elle eut beau faire,
Sur un ton plus osé, la Raison repartit :
« De tes dogmes obscurs à quoi sert le dédale ?
Notre siècle éclairé n'admet plus ta morale. »
Sur ce, la Foi se tut, et le monde pervers
Ne marche qu'à tâtons et va tout de travers.

XXXIII

LA LOI DE DIEU ET LA LOI DE L'HONNÊTE HOMME

De notre cœur la plaie est bien profonde.
    Un jour, l'Évangile à la main,
La Loi de Dieu s'en allait par le monde,
Du devoir à chacun indiquant le chemin.
Les riches la trouvaient pour eux un peu sévère;
    Les pauvres, moins récalcitrants,
Eussent porté son joug sans l'exemple des grands.
    Elle eut beau dire, elle eut beau faire,
On la pria d'aller prêcher ailleurs.
La Loi de l'honnête homme obtint tous les honneurs;
Celle-ci, comme on croit, était bien plus commode.
    Aussi devint-elle à la mode.
Mais, depuis que la foi ne règle plus nos mœurs,
Les hommes en sont-ils plus heureux ou meilleurs?

XXXIV

LA SAINTETÉ ET L'IGNORANCE

La Sainteté rencontra l'Ignorance,
Qui, pour s'en faire accroire, affichait l'apparence
   Et le maintien de la dévotion,
Croyant être un appui de la religion.
Enfin, mettant le comble à son impertinence,
   Elle appela la Sainteté sa sœur.
Celle-ci répondit : « C'est une grave erreur,
Il ne peut exister entre nous d'alliance ;
   Pour faire un saint il faut de la science,
Et suivre de la foi la sublime clarté ;
   Car les vertus ne sont pas des chimères. »
L'Ignorance, à ces mots, quitta la Sainteté,
   Et fit, dit-on, beaucoup mieux ses affaires
     Auprès de l'Incrédulité.

XXXV

LA GUERRE ET LA MORT

La Guerre, un jour, dit à la Mort :
« Je ne veux pas ici te vanter ma puissance,
Mais tu me dois de la reconnaissance ;
Le Styx, par mes soins, voit sur son humide bord
De victimes sans nombre accroître ton empire.
Tous les autres fléaux que le Ciel, en son ire,
Inventa pour punir les crimes des pervers,
Font-ils autant que moi du mal à l'univers?
Tu devrais sur mon front poser ton diadème,
Et me proclamer reine au milieu de ta cour.
— Ma fille, dit la Mort, tu sais combien je t'aime ;
Je ne puis cependant, malgré tout mon amour,
Commettre en ta faveur une telle injustice ;
Tu remplis fort bien ton office,
Mais un autre fléau, plus heureux, sans efforts,
Sans atteindre jamais son dernier paroxisme,
Centuple tous les jours le chiffre de ses morts ;
On nomme ce fléau, je crois, Sensualisme. »
La Guerre, en admettant cette décision,
Abdiqua sa folle jactance ;
En fait de destruction ,
Elle céda le pas à dame Intempérance.

XXXVI

L'ESPRIT DE L'HOMME ET L'AUTRE MONDE

Dans une obscurité profonde,
Un jour, par la peur agité,
L'Esprit de l'homme, évoquant l'autre Monde,
Lui dit : « Réponds, dis-moi la vérité :
Faut-il croire à ton existence?
— Mais oui. — Pourtant, sur ton humide bord
Je ne vois revenir, pour le dire, aucun mort.
— Que t'importe des morts le solennel silence,
Si, pour affermir ta croyance,
La raison et la foi sur ce point sont d'accord?
— J'en conviens; mais sais-tu que le trouble m'agite,
Aussitôt que je pense à toi?
— Tu dis vrai; dans ton cœur si le remords habite,
Je comprends quel est ton effroi.
Un juge incorruptible, en mon immense empire,
A chacun rend justice; aux éclairs de son ire
Nul ne peut résister. — Je le sens; c'est pourquoi,
Dans ce monde présent absorbant ma pensée,
Autant que je le puis, je fuis ton souvenir.
— C'est un tort, et je plains ta conduite insensée.
Tu marches, malgré toi, vers le siècle à venir;
Ta vie, à flots pressés, comme un torrent s'écoule;
Tout s'enfuit comme un songe, et ce monde s'écroule! »

XXXVII

LE DÉSERT ET LE MÉRITE

Le Désert, un beau jour, rencontra le Mérite
Qui, tout chagrin, lui dit : « L'injustice m'irrite.
    Et j'ai besoin de consolation. »
Le Désert répondit : « C'est une illusion
De vouloir ici-bas trouver sa récompense ;
Le héros que la mort moissonne au champ d'honneur,
    Que reçoit-il pour prix de sa vaillance?
Tu vis caché ; l'intrigue étale en sa splendeur
Les vertus dont elle a seulement l'apparence.
Dieu seul est juste et lit au fond du cœur.
Toi-même étant connu, tu pourrais ne pas plaire ;
Et le monde impuissant, par l'oubli volontaire
    Peut te payer, faute de mieux.
Veux-tu que je te donne un avis salutaire?
N'aspire désormais qu'au royaume des cieux.
Combien en ai-je vu dans mon immense empire,
    Émus aux accords de ma lyre,
Ignorant les mortels autant qu'ignorés d'eux,
Dont seul l'astre du jour a connu l'existence ! »
Le Mérite, à ces mots, comprit son ignorance.
    Il fut dès lors convenu
  Que le Mérite, abdiquant la jactance,
Ne devait aspirer qu'à rester inconnu.

XXXVIII

LA RICHESSE ET LE TRAVAIL

La Richesse, étalant du luxe l'attirail,
Sur un ton de mépris, dit, un jour, au Travail :
  « Tu n'es qu'un pauvre prolétaire;
Où te mènent tes soins? au sort de Bélisaire.
J'arrive à tout; mais toi, tu n'arrives à rien. »
Le Travail répondit : « Je soutiens qu'au contraire,
  Je suis le véritable bien.
  Sans mon secours, que peux-tu faire?
Qui cultive tes champs, qui construit tes palais?
En tissus, en rubis, qui fournit ta parure?
  A tes salons qui donne des attraits?
Qui donne à tes jardins leur riante verdure?
Pour charmer ton esprit, qui cultive les arts?
Qui chasse ce fléau qu'on nomme l'ignorance?
Qui sauve du danger la fragile innocence?
Malheur à tout mortel qui fuit mes étendards!
Le repos qu'il espère est tout dans l'apparence;
Dans sa vie inutile, à l'ennui condamné,
Il vaudrait mieux pour lui qu'il ne fût jamais né! »

XXXIX

L'ANE ET LES AILES DU MOULIN

Sur le sentier qui mène à la machine
Où le grain passe à l'état de farine ,
Fixant un jour les ailes du moulin,
Sans s'atteindre jamais se poursuivant sans cesse,
L'âne disait : « Voilà qui confond ma sagesse ;
A comprendre ceci je me fatigue en vain.
    Eh bien ! après tout, que m'importe?
Mon maître avait sans doute une bonne raison
    Pour attacher ces ailes de la sorte,
Et je dois l'écouter, que je comprenne ou non. »

    Quand notre esprit trouve un mystère,
    A l'exemple de ce grison,
Au lieu de discuter, sachons aussi nous taire.

DISCOURS AU CARDINAL

Au sommet d'un coteau que le soc fertilise,
De l'humble Pellegrue on voit la vieille église :
De la pourpre romaine abdiquant les splendeurs,
C'est là qu'un saint Prélat vient parler à nos cœurs.
Tel qu'on vit autrefois à la foule ravie
Jésus distribuant la parole de vie,
On vous voit, bon Pasteur, sans craindre le travail,
Chercher chaque brebis, la conduire au bercail ;
Votre main, sur nos fronts répandant l'huile sainte,
De l'infernal serpent nous fait braver l'atteinte,
Et, par l'effusion des dons du Saint-Esprit,
Nous arme, par la croix, soldats de Jésus-Christ.
Ce peuple dont les flots ornent ce sanctuaire
Depuis douze ans toujours m'honora comme un père.

Du repos du Seigneur le jour est respecté ;
Leur esprit ferme et droit aime la vérité.
Un apôtre éloquent à ce peuple docile
A, précédant vos pas, fait goûter l'Évangile ;
Et si quelque pécheur a méconnu sa voix,
Son cœur, longtemps fermé, s'ouvrira cette fois ;
Soumis, il entendra la parole d'un père ;
Vous prîrez à l'autel ; votre ardente prière,
Pontife du Seigneur, jusqu'au ciel montera,
Et de sa tombe, enfin, Lazare sortira.

www.ingramcontent.com/pod-product-compliance
Lightning Source LLC
Chambersburg PA
CBHW061700180626
46818CB00003B/1184